La hija del molinero

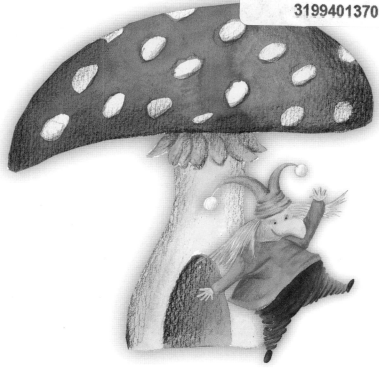

Jakob y Wilhelm Grimm

Adaptación y dibujos:

Miguel Jiménez Hernández

ISBN: 84-494-2899-8
Depósito legal: B-44519-XLVII
Reservados los derechos para todos los países
Impreso en España / Printed in Spain
9001472011104

Érase una vez un molinero al que, en cierta ocasión, no se le ocurrió otra cosa que decir que su hija hilaba tan bien que era capaz de convertir la paja en oro.

El comentario corrió por todo el reino y llegó a oídos del rey, quien de inmediato mandó llamar a la hija del molinero para comprobar si era cierta tal proeza.

El rey la encerró en una habitación con un montón de paja y le dijo:
—Si mañana no veo toda esta paja convertida en oro te arrepentirás de haberme mentido.

La pobre hija del molinero rompió a llorar desconsolada. De pronto se abrió la puerta y apareció un enano.

—¿Qué me darías si la hilo yo por ti?
—le preguntó el enano. Después de un instante
de duda, la hija del molinero le dijo:
— Te daría mi collar, que es lo más valioso
que tengo.
El enano hiló toda la paja y la convirtió en un
montocito de hilo de oro brillante. Después tomó
el collar y desapareció.

Cuando al día siguiente se presentó el rey, se quedó muy sorprendido de ver en lugar de la paja un cesto de oro.

Pero como había tan poco oro, el rey ordenó
que condujeran a la hija del molinero a una
estancia más grande, donde había un montón
de paja, para que la convirtiera en oro.

Y de nuevo se presentó el enano ante la acongojada hija del molinero. Ésta le ofreció su sortija y el enano, después de aceptar la joya, se puso a hilar toda la paja para convertirla en oro.

El rey no podía creerse tal prodigio, y llevándola a otra sala aún más grande y repleta de paja, le dijo:

— Si eres capaz de hilar toda esta paja, me casaré contigo y serás reina.

Esta vez la hija del molinero se sintió perdida. Ni siquiera una legión de enanos podría tejer tanta paja.

Pero de nuevo se presentó el enano y le hizo la misma pregunta.

—Ya nada tengo que darte —le dijo la muchacha.

—No importa —respondió el enano—, cuando seas reina, me darás tu primer hijo.

La pobre hija del molinero, sin saber lo que decía, respondió a todo que sí. De nuevo la paja se convirtió en oro y el rey quedó muy complacido al ver la admiración de todos.

Tal y como le había prometido, el rey se casó con ella y toda la corte aplaudió. De esta manera la hija del molinero se convirtió en una auténtica reina.

La hija del molinero era muy feliz y aún más cuando, pasado un tiempo, se convirtió en mamá de un precioso bebé.

Una noche se presentó el enano ante la reina.
—Vengo a llevarme al pequeño príncipe, pues me pertenece. Tú me lo diste. ¿Ya no te acuerdas?.
La reina le ofreció todos los tesoros del mundo a cambio de su bebé.

Tanto lloró y suplicó la reina, que por fin el enano le dijo:
—¡Bueno, ya está bien!, podrás quedarte con tu bebé si en tres días adivinas cómo me llamo.

Sin perder un instante, la reina consultó todos los libros del palacio, y fue escribiendo una lista con los nombres más raros que encontraba.

Por la noche se presentó nuevamente el enano, y la reina le fue leyendo uno a uno los nombres raros que tenía escritos en la lista. A cada uno que oía, el enano se moría de risa
—¡Ja, ja, ja... No, no me llamo así.

La reina consultó a todos los magos del reino y ordenó que partieran emisarios hacia todos los lugares del reino con la orden de traer cuantos nombres raros pudieran oír.

Uno de los emisarios encontró en lo más profundo de un bosque a un enano que cantaba:
—Tararín, tararín, nadie sabrá que mi nombre es Saltarín.

La reina recibió enseguida la noticia y se puso muy contenta de oír lo que el mensajero había averiguado.

Por la noche, al presentarse el enano,
la reina le dijo:
— Sólo tengo que deciros que mi bebé chiquitín
nunca se irá con nadie llamado Saltarín.
El enano, muy enfadado, salió de allí dando
una gran patada en el suelo y tirándose
del pelo.

El enano desapareció del palacio real y dejó en paz para siempre a la reina hija del molinero y a su principito bebé.